AF596980

DIXAINS RÉALISTES

PAR DIVERS AUTEURS.

à Auguste Vacquerie
profonde sympathie
l'un des auteurs
Charles Cros

LIBRAIRIE DE L'EAU-FORTE

A PARIS

DIXAINS RÉALISTES

1269

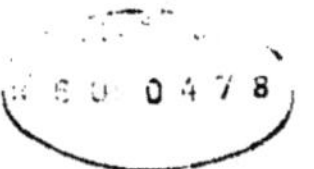

DIXAINS RÉALISTES

PAR DIVERS AUTEURS.

LIBRAIRIE DE L'EAU-FORTE

Rue Lafayette, 61, à Paris.

Cet ouvrage a été tiré à 150 exemplaires numérotés :

25 Sur Papier de Chine.

125 Sur Papier teinté.

N°

DIZAINS RÉALISTES

I

Tandis que sur les quais flânent les paresseuses,
je regarde les lourds bateaux des blanchisseuses ;
il en sort des chansons, comme d'un nid d'oiseaux.
Les robustes bras blancs, en plongeant dans les eaux
que bleuit l'indigo, tordent le linge pâle,
et le ciel au-dessus prend des lueurs d'opale.
Moi, tout pensif, je rentre en murmurant tout bas :
Ma mère n'est plus là pour repriser mes bas
et mettre un chapelet d'iris dans mon armoire....
Les nuages sur l'eau font des dessins de moire.

NINA DE VILLARD.

II

Il a tout fait, tous les métiers. Sa simple vie
se passe loin du bruit, loin des cris de l'envie
et des ambitions vaines du boulevard.
Pour ce jour attendu, qui s'annonce blafard,
les savants ont prédit, avant l'heure où se couche
le soleil, une éclipse. Et sa maîtresse accouche,
apportant un enfant parmi tant de soucis!
Il compte, pour dîner, sur ses verres noircis.
Carrières de Montmartre, en vos antres de gypse,
abritez le marchand de verres pour éclipse!

CHARLES CROS.

III

Après avoir vidé toutes les coupes, toutes!
il faut enfin rentrer; car mes fibres dissoutes,
dans les cafés criards, hantés par les catins,
ont froid dans la nuit lourde et les douteux matins.
Marchons. Voici grouiller déjà les gens des halles.
Je rougis, maraichers, à voir vos blouses sales,
que rafraichit l'odeur lointaine des labours.
Travailleurs, ignorants des malsaines amours,
vous entassez des choux sur le trottoir, sans même
vous douter de l'horreur qui suit le passant blême.

C. C.

IV

Ô souvenance, sou retrouvé dans ma bourse!
Ce bandagiste était à côté de la SOURCE;
sur le panneau de gauche était peint un Vulcain
avec ces quatre vers sortant d'un brodequin :
« De mon père indigné, j'ai subi la colère,
« quand du haut de l'Olympe, il me jeta sur terre :
« mais si l'orthopédie alors eût existé,
« le reste de mes jours je n'aurais pas boité. »
Et je songe à l'amour où rien ne remédie :
— *Pourquoi le cœur n'a-t-il pas son orthopédie?*

JEAN RICHEPIN.

Bien que sa main soit rouge, elle n'est pas sans grâce;
debout, dans son échoppe étroite, sombre et grasse,
pour symphonie, elle a le chant, jusqu'à la nuit
de la pomme de terre en tranche qui bruit
dans le liquide noir où son disque se dore.
Sans voir le savetier d'en face qui l'adore,
ni le coiffeur si beau, ni le garçon boucher,
servante du légume ingrat, et sans broncher,
elle en donne souvent, avec un air biblique,
un grand cornet tout plein au pauvre famélique.

ANTOINE CROS.

VI

Certes, je plains l'aveugle, et sa prunelle opaque
me navre ; et la peinture atroce de sa plaque,
dont le rouge me fait songer à l'abattoir,
m'a cloué bien souvent, morne, sur le trottoir.
Mais l'aspect de son chien a de douloureux charmes
pour mon cœur, et je suis remué jusqu'aux larmes
quand je lui vois aux dents, l'été comme l'hiver,
l'anse d'un petit seau de fer blanc peint en vert....
Il implore les gens de ses bons yeux honnêtes :
O bête ! sois bénie entre toutes les bêtes !..

MAURICE ROLLINAT.

VII

On allume les becs de gaz; dans la nuit bleue
les étoiles aussi s'enflamment; l'on fait queue
devant les guichets des théâtres à succès
qui font aux lycéens rêver tous les excès.
Dans les kiosques on voit s'installer les marchandes
d'oranges, de journaux, et de croquets d'amandes:
et déjà vient s'asseoir aux tables des cafés,
cachant son front sous des frisons ébouriffés,
pêchant les amoureux, comme on pêche à la ligne,
la promeneuse du boulevard, fleur maligne.

NINA DE VILLARD.

VIII

Ce pauvre enfant vend des jouets à bon marché.
Les gamins du faubourg, après avoir marché,
après avoir, aux verts buissons, usé leurs vestes,
viennent se reposer près des splendeurs modestes
de l'étalage, où tout excite leur désir ;
mais le petit marchand, seul, n'y prend pas plaisir,
car, lui, c'est son métier de lancer la ficelle
de la toupie, et l'aigre bruit de la crécelle
le crispe ; le pantin lui fait, naïf bourreau,
l'horreur qu'à l'employé fait son chef de bureau.

N [illegible] V

IX

C'est la boutique des parfums à prix réduits....
La maigre commençante, habitant un taudis,
mange, dans un bouillon, de noires matelottes
pour économiser de quoi payer ses notes
à la juive qui tient, habile, ce bazar.
Car, c'est le billet pris, dans un jeu de hasard,
c'est l'espoir, c'est la porte ouverte à la fortune,
cette poudre de riz Rachel, fard de la brune!
Il faut bien éblouir, à l'angle d'un trottoir,
le monsieur qui fera débuter quelque soir.

N. DE V.

X

Le grand fiacre roulait avec un bruit berceur.
Il était à ses pieds, perdu dans la douceur
des frou-frous parfumés de sa robe de faille.
Elle dit : De bonheur, cher, mon ame défaille. . .
Il faisait nuit ; la lune évitait d'éclairer
cette idylle : — « N'avez-vous rien à déclarer ? »
Dit la voix. On était devant une barrière,
et le douanier stupide, entr'ouvrant la portière,
ramena dans l'horreur de la réalité
ce beau couple envolé vers un monde enchanté.

N. DE V.

XI

L'été meurt. Sur les ceps pendent les grappes mûres ;
hors de l'armoire, on va secouer les fourrures
qu'embaumait la senteur faible du vétivert.
Pour la dernière fois allons dans le bois vert
où nous avons dormi sur un tapis de menthes,
dans la sérénité des chaleurs endormantes.
J'accrocherai les plis neigeux de mes jupons
aux ronces du sentier poudreux, grêles harpons ;
accordons-nous ce doux sursis d'une journée....
Nous ferons ramoner demain la cheminée.

N. DE V.

XII

Il travaille, le jour, dans un bazar tout neuf,
criant : « Tout est à treize, et là, tout à vingt-neuf! »
Sa casquette est la plus superbe des casquettes,
en soie, et fait valoir ses courbes rouflaquettes.
Un foulard jaune tourne autour de son cou gras
et rouge, que font voir ses cheveux tondus ras.
Comme sa connaissance a, ce soir, de l'ouvrage,
il est libre et content. Car jamais il ne rage,
à moins qu'elle ne flâne. Aussi c'est d'un air grand
Qu'il s'écrie au café : « Garçon! un mazagran! »

CHARLES CROS.

XIII

A d'autres les ciels bleus ou les ciels tourmentés,
la neige des hivers, le parfum des étés,
les monts où vous grimpez, fiertés aventurières
des Anglaises. Mes yeux aiment mieux les clairières
où la charcuterie a laissé ses papiers,
les sentiers où l'on sent encore l'odeur des pieds
des soldats avec leurs payses, la presqu'île
de Gennevilliers, où croît l'asperge tranquille
sous l'irrigation puante des égouts...
On ne dispute pas des couleurs ni des goûts.

C. C.

XIV

Ayant tout essayé, blême, je ne crois plus
aux amoureux musclés, soupeurs et chevelus ;
car moi, qui suis mourant à toutes les minutes,
tué par la recherche inquiète et les luttes
littéraires, je crains l'épuisante douceur
des chauds oaristys. Je voudrais une sœur,
une femme rêvant avec moi, côte à côte,
frissonnante, croyant qu'elle fait une faute,
et nous nous aimerions d'un amour immortel,
sans stores de voiture et sans chambres d'hôtel.

C. C.

VI

Celle qui m'apparaît, quand j'ai clos mes yeux las,
tricote un bas de laine. Elle a des bandeaux plats.
Elle a passé la fleur de ses jeunes années
dans des salons proprets, aux couleurs surannées,
et rêve d'épouser un substitut grivois.
Elle chante, avec un petit filet de voix,
« le départ d'Alcindor, les pleurs de son amante, »
son corsage montant et sa petite mante,
cachent probablement un corps grêle et fiévreux :
Il n'est pas étonnant que j'en sois amoureux.

C. C.

XVI

Sur des chevaux de bois enfiler des anneaux,
regarder un caniche expert aux dominos,
essayer de gagner une oie avec des boules,
respirer la poussière et la sueur des foules,
boire du coco tiède au gobelet d'étain
de ce marchand miteux qui fait ter lin tin tin,
rentrer se coucher seul, à la fin de la foire,
dormir tranquillement en attendant la gloire
dans un lit frais l'été, mais, l'hiver, bien chauffé.
tout cela vaut bien mieux que d'aller au café.

C. C.

VII

Des femmes en peignoir, portant la boîte au lait,
craignaient de se crotter et montraient leur mollet.
Ils étaient trois, vêtus d'ulsters garnis de martre.
Ils rentraient, ce matin, d'une orgie à Montmartre,
et ces trois débauchés riaient du doux café
que l'épouse, à l'époux au lit, sert bien chauffé.
Un prêtre, qui passait, rougit de ce blasphème.
Ils narguèrent le prêtre. Et l'un siffla même
quelque chanson obscène, apprise aux Délass.-Com.
Le prêtre, simplement, leur dit : Pax vobiscum!

C. C.

— —

XVIII

Muses, souvenez-vous du guerrier, — de l'ancien
qui ne fut général ni polytechnicien,
mais qui charma dix ans les mânes du grand Homme!
Cet invalide était la gaité de son dôme.
Mon cœur est plein du bruit de sa jambe de bois.
Pauvre vieux! j'ai rêvé de vous plus d'une fois,
la nuit, quand passe au ciel, avec ses gros yeux vides,
la lune au nez d'argent, astre des invalides,
ou que le vent se meurt, comme un chant du départ...
Et j'ai fait encadrer le mot de faire part.

GERMAIN NOUVEAU.

XIX

J'ai du goût pour la flâne, et j'aime, par les rues,
les réclames des murs fardés de couleurs crues,
la Redingote Grise, et Monsieur Gallopau ;
l'Hérissé qui rayonne au-dessous d'un chapeau ;
la femme aux cheveux faits de teintes différentes.
Je m'amuse bien mieux que si j'avais des rentes
avec l'homme des cinq violons à la fois,
Bornibus, la Maison n'est pas au coin du Bois,
le kiosque japonais et la colonne-affiche...
Et je ne conçois pas le désir d'être riche.

G. N.

XX

J'entrais chez le marchand de meubles, et là, triste,
« Savez-vous la chanson du petit Ébéniste? »
j'allais, lui choisissant une chose à ses goûts.
C'est vers toi que je vins, Canapé-Lit-Leroux.
J'observai le ressort, me disant que cet homme
fit une chose utile, étant donné le somme.
J'appréciai le tout d'un mot technique et fin :
si bien que le marchand, ému, me tend sa main
honnête, et dit : « Monsieur fabrique aussi sans doute? »
Douce parole et qu'en mon cœur je grave toute.

G. N.

XXI

Je courais la Russie.... — Oui, Monsieur, me dit-elle,
jaune et pâle, avec ça toute argot et dentelle;
un bréva dans ses doigts enfume un diamant.
Elle reprit : Eh bien, foi de femme qui ment,
quoi! je trouve, un matin que j'étais seule au monde,
un cigare d'un rond, perdu dans ma profonde,
et qui causait avec de vieilles notes, là.
Je l'allumai dans un gai « laï tou la la, »
et j'ai connu, par un exil sans espérance,
le charme d'un petit bordeaux — sentant la France!

G. N.

XXII

Je te rends cet hommage, orgueilleux marronnier ;
émule des lilas, tu leur fais concurrence.
C'est toi l'un des plus beaux de nos arbres en France :
c'est toi leur précurseur, dans le temps printanier,
pour célébrer le vert de toute la nature,
*et l'*Hosanna cœli *de toute créature,*
Tes fleurs semblent des ifs éclairés à giorno !
Puis, tes fruits hérissés, enviés du jeune âge,
détachés tour à tour, tombent de ton feuillage,
et font de longs colliers d'un rouge de piano.

Auguste de Chatillon.

XXIII

Le petit employé de la poste restante
vient tard à son bureau ; son allure est très-lente ;
il s'assied renfrogné sur son fauteuil en cuir,
car il sait qu'au client il lui faudra servir
les lettres, les journaux à timbre coloriste,
et même les mandats !... Cet homme obscur est triste.
Il se dit, en flairant un billet parfumé,
qu'il ne voyage pas et qu'il n'est pas aimé,
que son nom, composé de syllabes comiques,
n'est jamais imprimé dans les feuilles publiques.

NINA DE VILLARD.

XXIV

Je la voyais souvent au bureau d'omnibus
à l'heure de l'absinthe, après tous les bocks bus,
quand je rentrais troublé, fiévreux de la journée.
Et c'était un repos pour mon âme fanée
de rencontrer parfois cet ange en waterproof.
Sa forme jeune et pure, ignorante du pouf,
ses tresses sans chignon, son front sans maquillage,
et les réalités chastes de son corsage
m'ont fait rêver, portant le bouquet nuptial,
A la vierge qui lit mon nom dans un journal.

N. de V.

XVI

Cheminant Rue aux Ours, un soir que dans la neige
s'effeuillait ma semelle en galette — Oh! que n'ai-je,
me dis-je, l'habit bleu barbeau, les boutons d'or,
la culotte nankin, et le gilet encor,
le beau gilet à fleurs où se fane la gloire
d'une famille, et, bien reprisés par Victoire,
les bas de cotonnade, et, chères aux nounous,
les syllabes en cœur du patois de chez nous...
Car un Bureau *disait sur une plaque mince :*
« *On demande un jeune homme arrivant de province.* »

GERMAIN NOUVEAU.

XXVI

Dans les douces tiédeurs des chambres d'accouchées,
quand à peine, à travers les fenêtres bouchées,
entre un filet de jour, j'aime, humble visiteur,
le bruit de l'eau qu'on verse en un irrigateur,
et les cuvettes à l'odeur de cataplasme;
puis la garde-malade avec son accès d'asthme.
Les couches, où s'étend l'or des déjections,
qui sèchent en fumant devant les clairs tisons,
me rappellent ma mère aux jours de mon enfance;
et je bénis ma mère, et le ciel et la France!

CHARLES CROS

XXVII

Enclavé dans les rails, environné de scories,
leur petit potager plaît à mes rêveries.
Le père est aiguilleur en gare de Lyon.
Il fait honnêtement et sans rébellion
son dur métier. Sa femme, hélas! qui serait blonde,
sans le sombre glacis du charbon, le seconde.
Leur enfant, ange rose éclos dans cet enfer,
fait des petits châteaux avec du machefer.
A quinze ans il vendra des journaux, des cigares :
Peut-être le bonheur n'est-il que dans les gares!

C. C.

XXVIII

Jadis je logeais haut, tout contre la gouttière :
Tapis souvent à ma fenêtre en tabatière,
rêvant à ma misère, à tant d'affronts subis,
j'écoutais les marchands de légumes, d'habits ;
et les tuyaux des toits, chefs-d'œuvre des fumistes,
rayaient de noir le fond de mes grands yeux si tristes.
Je me rappelle un jour un doux bruit de grelots :
et, me penchant, je vis un gros homme en sabots,
qui se hâtait pour rendre aux phthisiques jeunesses
la consolation du tiède lait d'ânesses.

C. C.

XXIX

Voici : La fin de la demi-journée approche ;
et l'on travaille bien en attendant la cloche.
Onze heures. On déserte en foule l'atelier.
L'ouvrier va manger, et peut-être lier
connaissance avec cette enfant, frêle ouvrière,
chez le traiteur fumeux où l'on sert l'ordinaire.
Mais l'apprenti n'a pas de ces luxes. Avec
une saucisse plate et deux sous de pain sec,
il déjeune ; pourvu qu'il trouve sur la place
votre eau limpide à boire, ô fontaines Wallace !

C. C.

XXX

Il marche à l'heure vague où le jour tombe. Il marche,
portant ses hauts bâtons. Et, double ogive, l'arche
du pont encadre l'eau, couleur plume de coq.
Il a chaud et n'a pas le sou pour prendre un bock.
Mais partout où ses pas résonnent, la lumière
brille. C'est l'allumeur humble de réverbère
qui, rentrant pour la soupe, avec sa femme assise,
l'embrasse, éclairé par la chandelle des six,
sans se douter — aucune ignorance n'est vile —
qu'il a diamanté, simple, la grande ville.

C. C.

[illegible]

Versailles où l'éclat des [illegible],
les jardins suspendus jadis de Babylone
et les fruits de rubis des Mille et une Nuits,
ont charmé longuement mes innocents ennuis.
Mais, à présent, malgré notre époque triste,
je fuis ces visions qui poursuivent l'artiste ;
et mon regard rêveur s'abaisse volontiers
vers la loge où, contents, végètent mes portiers.
Près du carreau poudreux où l'homme fait sa barbe
j'aime le petit pot où croupit la joubarbe.

C. C.

XXXII

On m'a mis au collége (oh! les parents, c'est lâche!)
en province, dans la vieille ville de H...
J'ai quinze ans, et l'ennui du latin pluvieux!
Je vis, fumant d'affreux cigares dans les lieux,
et je réponds quand on me prive de sortie :
« Chouette alors! » préférant le bloc à la partie
d'écarté, chez le maire, où le soir, au salon,
honteux d'un liseré rouge à mon pantalon,
j'écoute avec stupeur ma tante une asthme !
causer du dernier bal à la sous-préfecture.

Germain Nouveau

XXXII

La cuisine est très propre. Le pot-au-feu bout
sur le fourneau. La bonne, en rêvant son troubade,
épluche en bougonnant légumes et salade.
Ses doigts rouges et gras, avec du noir au bout,
trouvent les vers de terre entre les feuilles vertes.
On bat des traversins aux fenêtres ouvertes.
Mais voici le pays. Après un gros bonjour,
on lui donne la fleur du bouillon. Leur amour
s'abrite à la vapeur du pot, chaud crépuscule...
Et je ne trouve pas cela si ridicule.

Charles Cros.

XXXIV

Quand je menais la vie âpre du solitaire
je savais cuisiner sur un fourneau de terre.
Je ne me souviens pas d'avoir eu le guignon
de manquer l'omelette ou la soupe à l'oignon.
Oh! celle-là surtout dont ma pauvre amoureuse
raffolait! Je savais la rendre savoureuse
et lui donner toujours la teinte et le parfum!
Aujourd'hui, quand je pense à ce passé défunt,
j'ai presque envie autant de pleurer que de rire
Hélas! *où donc es-tu, petite poêle à frire?*

Maurice Rollinat

XXVI

C'est vrai que dans la rue elle impose à chacun
le charme singulier de son corps blond et brun.
Sa crinière flottante a longueur, envergure
et ténèbre; tout rit dans sa fraîche figure
Où sous des sourcils noirs fleurissent des bluets.
Ses oreilles sont deux coquillages fluets.
Elle a des bras comme en ont les filles de fermes
avec des petits doigts fuselés; ses seins fermes
Tentent le peintre ardent qui les a copiés.
Mais hélas! elle pue horriblement des pieds!

M. R.

XXXVI

Mon nostalgique amour de la côte et du rat
Se console à Paris dans un bouillon Duval,
Qui pour moi, dineur pauvre, est un café Vachette.
En vérité, je donne un bon coup de fourchette,
Car, outre l'appétit, j'ai rapporté cent francs.
Mais aussi, cette bonne alerte, aux regards francs
Qui me sert, tous les soirs la ronde Mortadelle
Vient de s'apercevoir que je raffole d'elle,
Et pas plus tard qu'hier, en m'offrant le menu,
Elle m'a dit : « J'irai chez vous! c'est convenu!..

M. R

[illegible]

Aux portes des cafés [illegible] les rues,
Elle va, tous les soirs [illegible] crisses
Sur sa petite [illegible]
Elle a l'œil en amande [illegible] d'un grand sourcil,
et des cheveux frisés blonds comme de la paille.
Or, ses lèvres en fleur, qu'un sourire entre-baille,
tentent les carabins qui fument sur les bancs ;
et comme elle a les seins droits, et que, peu tombants,
ses jupons laissent voir sa jambe ronde et [illegible],
chacun d'eux lui chuchote un compliment obscène!

M. R.

XXXVIII

— Ô muse incorrigible, où faut-il que tu ailles ! —
La dame au cabas vert bourré de victuailles
suçotait par instants le goulot d'un flacon.
Que diable y buvait-elle ? — Or, soudain, le wagon
s'emplit d'ombre ! — Un tunnel ! — J'agrippai la fiole,
et j'aspirai : Goût nul ! — « C'est une babiole,
pensai-je, mais enfin, je suis fort intrigué... »
Et m'adressant à la dame avec un air gai
— Que buvez-vous ? lui dis-je en frisant ma moustache...
— Elle me répondit : « Je ne bois pas ! Je crache ! »

M. R

XXXIX

Ma foi! que ça te plaise, ou que ça te courrouce,
c'est toi que j'aime, ô ma belle tripière rousse!
Tu fais si bien, assise à ton petit comptoir! —
Oh! que ne suis-je pas un garçon d'abattoir,
bras nus, en gros sabots et du sang à mes fripes! —
Je pourrais t'embrasser en t'apportant des tripes;
et pour toi, je serais un enjôleur si neuf
qu'un jour tu me dirais entre deux cœurs de bœuf:
— « Je suis honnête, mais je ne suis pas de pierre! » —
Et nous nous aimerions, ô ma belle tripière!

M. R.

XI.

On s'aimait, comme dans les romans sans nuage,
à Bobino, *du temps de* « Plaisirs au Village. »
Orphée alors chantait des blagues sur son luth ;
c'était l'époque où Chose inventait le mot « Zut ! »
où les lundis étaient tués par Sainte-Beuve.
Les Parnassiens charmés rêvaient la rime neuve ;
et cousin Pierre était encore au régiment.
Sans prévoir de sa part le moindre embêtement,
l'Empereux, aux Français, s'invitant chez Molière.
Haussman songeait : Faudra raser la Pépinière !

Germain Nouveau

VII

C'est à la femme à barbe (hélas !) qu'il est allé,
le cœur de ce garçon, coiffeur inconsolé.
Pour elle, il se ruine en savon de Thridace.
Ce lait d'Hébé *(que veut-on donc que ça lui fasse ?)*,
ce vinaigre qu'un sieur Bully vend, l'eau (pardon !)
de Botot (exiger le véritable nom),
n'ont pu mordre sur cette idole de la foire.
Et s'il lui donne un jour la pâte épilatoire
que vous savez, l'Enfant murmurera tout bas :
Qu'elle est donc cette pâte ? et ne comprendra pas.

G. N.

XLII

Vantez vos instruments modernes! que m'importe!
Le plus parfait est là, pendu près de ma porte.
Son aiguille, sensible aux moindres mouvements,
dévoile vos secrets, mobiles éléments,
sur le cadran bleuâtre, aux bras d'or d'une lyre,
VARIABLE, BEAU FIXE *ou* CYCLONE *en délire.*
Date : mil-sept-cent-vingt. « On en fait de meilleurs
aujourd'hui, » dites-vous? — Je n'en crois rien! D'ailleurs,
il est des sentiments dont le cœur n'est pas maître :
je ne crois qu'en toi seul, ô mon cher baromètre!

ANTOINE CROS

XLIII

Défense de fumer au bureau! — mais, qu'importe! —
J'entr'ouvre la fenêtre, et je ferme la porte.
Je m'assure que tout est bien enregistré;
et, sur mon fauteuil vert à clous jaunes, vautré,
pour que la rime d'or au bout du vers se pose,
je fume lentement, la paupière mi-close! —
Mais voilà que le chef, exécrable bourreau;
décapite mon rêve en entrant au bureau.
et comme le garçon n'a pu me crier : « Gare! »
je me rôtis les doigts pour cacher mon cigare.

MAURICE ROLLINAT.

XLIV

Ô funeste rencontre ! Au fond d'un chemin creux
se chauffait au soleil sur le talus ocreux
un gros aspic, plus long qu'un manche de quenouille.
Soudain le saut pesant d'une énorme grenouille
fit bouger la vipère endormie à moitié !...
Et je vis — car l'horreur étrangla ma pitié —
sa gueule se distendre, et toute grande ouverte,
se fermer lentement sur la victime verte..
Puis, le sommeil reprit le hideux animal !...
— La grenouille, c'est moi ! — le serpent, c'est le mal !

M. R

[illegible]

Près d'une femme à toque qui fait de l'esbrouff,
une fillette, à l'air honnête, en waterproof,
ayant sur ses genoux un grand carton de mode,
et serrée en son coin de peur d'être incommode,
s'en va reporter son ouvrage au boulevard.
Sa mine est humble et douce. — Et dans son bleu regard
je lis que son travail fait vivre son vieux père
qui n'est pas décoré, — quoiqu'ancien militaire,
quoiqu'ayant rhumatisme, et goutte, et cheveux gris!..
Et de la fière enfant je sens mon cœur épris!

Hector L'Estraz.

XLVI

Quand j'ouvre ma Patrie, *en mon lit, le matin,*
dédaigneux du premier Paris, du Bulletin,
sautant Chambre, et Sénat, et théâtre, avec rage...,
avidement je vais à la dernière page.
et lis le fait-divers avec émotion.
Meurtre, vol, incendie, accident, passion;
voilà de quels récits s'émeut mon cœur sensible;
et si parfois je lis qu'un Anglais, — chose horrible, —
s'est jeté dans les eaux de Saint-Martin canal....
des larmes de pitié roulent sur mon journal

H. t E.

XLVII

Je frissonne toujours, à l'aspect singulier
de certaine bottine ou de certain soulier.
Oui, — que pour me railler, vos épaules se haussent! —
je frissonne! Et soudain, songeant au pied qu'ils chaussent,
je me demande : « Est-il mécanique ou vivant? »
Et je suis pas à pas le sujet, l'observant,
et cherchant l'appareil d'acier qui se dérobe
sous le pantalon fin ou sous la belle robe ;
et dès qu'il a relui, — maniaque aux abois,
sous le cuir élégant je flaire un pied de bois!

MAURICE ROLLINAT.

XLVIII

Octobre, vers le vieux château, dont le portail
pleure et rit quelque part dans Ponson du Terrail,
guide cet excellent notaire de campagne
que vous avez connu, décent et noir, la cagne
aux genoux, mais qui, doux disciple de Rousseau,
fait ce voyage à pied, malgré la pluie à seau
lui détraquant un beau pépin rose, qu'il gère
d'une main molle ; il chante « Il pleut, il pleut, Bergère, »
allègre, et certain d'être, ô le gros polisson !
le bienvenu du vieux château, cher à Ponson !

Germain Nouveau.

[illegible]

Nous burions du Sauterne et nous mangions des huitres.
Or, le matin entrant comme un casseur de vitres,
elle agrafa sa robe et noua ses cheveux :
puis, ouvrant la fenetre elle me dit : « Je veux
des fraises ! Nous irons les cueillir par les halles ! »
L'Orient arborait ses pourpres automnales,
et les grands quais brumeux étaient bordés de fleurs.
Nous marchions. J'admirais ses récentes pâleurs
et ses regards fiévreux brillant sous la dentelle :
« Entrons donc à la Morgue, en passant, » me dit-elle.

CHARLES FRÉMINE.

I.

Quand la lampe Carcel sur la table s'allume,
le bouilli brun paraît, escorté du légume,
blanc navet, céleri, carotte à la rougeur
d'aurore, et doucement, moi, je deviens songeur
Ce plat fade me plaît, me ravit ; il m'enchante :
c'est son jus qui nous fait la soupe succulente.
En le mangeant, je pense avec recueillement
à l'épouse qui, pour nourrir son rose enfant,
perd sa beauté, mais gagne à ce labeur austère,
un saint rayonnement trop pur pour notre terre.

[illegible]

Imprimé
Par Cochet, de Meaux
EN MARS, AVRIL ET MAI [illegible]

LIBRAIRIE DE L'EAU-FORTE

A PARIS

Azraël, poème en prose, de Villiers de l'Isle-Adam, illustré d'eaux-fortes au blanc d'argent. — Tirages à cent exemplaires numérotés. 10 fr.

Les Accalmies, poésies par Raoul Lafagette, édition de luxe in-18. . 5 fr.
Édition sur papier de Chine. . . . . 6 fr.

Le Cochon, étude fantaisiste d'Arsène Houssaye, avec dix eaux-fortes de Ch. Jacques, F. Regamey, H. Guérard, Paul Fournier, Van Ryssel, édition de luxe. . . . . 10 fr.

Les Cloches, d'Edgar Poë, traduction libre d'Émile Blémont, avec quatre grandes eaux-fortes de H. Guérard, sur Hollande ou parchemin, édition de luxe . . . . 10 fr.

Le Corbeau, d'Edgard Poë, traduction de Stéphane Mallarmé, avec six dessins de Manet. Hollande, Chine et parchemin, texte anglais et français, format in-folio. . . . . 25 fr.

Le Fleuve, poème de M. Charles Cros, avec huit eaux-fortes d'Edouard Manet. — Tirage à cent exemplaires numérotés. . . . . . . 25 fr.

La Petite Pantoufle, de Tin-Tun-Ling, lettré de la province de Chang-Si, avec six eaux-fortes originales, édition franco-chinoise sur étoffe, feutre et papier teinté. . . . . 5 fr.

Six Marines (sans texte) à l'eau-forte, avec titre gravé de même, par Henry Guérard. — Tirage à 25 exemplaire sur papier de Hollande. 15 fr.

Le Duel aux Lanternes, comédie en vers de Paul Arène, avec huit eaux-fortes de Frédéric Regamey, tirées sur Chine, dans le texte. . 5 fr.

www.ingramcontent.com/pod-product-compliance
Lightning Source LLC
LaVergne TN
LVHW011955160826
845678LV00002B/556

* 9 7 8 2 3 2 9 6 9 3 9 2 7 *